句集

知足

若泉真樹

角川書店

句集　知足＊目次

装丁　大武尚貴
装画　Moment/
ゲッティイメージズ

句集　知足

由縁

薔薇残花我が情熱の在り処

朝焼けの空シャガールの馬に乗る

指定席とれず朝から極暑なり

大花火消えて嘗ての基地の跡

蟬時雨一字一句が気に入らず

老鶯の声も濡らせし雨の森

義理を欠く齢となりて泥鰌鍋

鷗外忌かつてペン胼胝ありし指

夏越の祓父母無くひとり犬抱いて

瓦塀訣れいくつもある秋暑

ためらいも節目もたたむ秋浴衣

黒葡萄鬱のかたちで喉通る

愚図ぐずと秋暑居座る蹲踞に

平家ゆかりの能登を訪ねて　八句

星はみな島かもしれぬ天の川

輪廻とや倶利伽羅峠蚯蚓鳴く

葛の花平家の裔という矜持

流人墓護りし木立銀やんま

奥能登に平家脈々萩尾花

秋揚羽格天井の紋由縁

藤袴平家ゆかりの里なれば

遥拝や珠洲の社の初紅葉

呟いて水平線に置く秋思

秋声や母の自筆の遺言書

袱紗などたたみて秋思小抽斗

十六夜月ロマンスグレーは父ならん

父母逝きて何時から自生曼珠沙華

観音の慈悲や色鳥来て去らず

大津絵の美人の凄む十三夜

後の月ガラスの靴を履いてみる
無為もまた安堵なりしや実むらさき

深秋や時に尖った味も好き

楼上の扁額古りて菊香る

色変えぬ松大正硝子の歪み

楷黄葉拾って論語口の端に

枯草の涯の灯台北斗星

枯蟷螂まだ生きている三和土かな

躬の内の鬼が物言う冬茜

雨脚のことさら白し芭蕉の忌

茶の花や真摯に生きて逝きし人

復元の明治の威風冬公孫樹

冬の鵙聞いて聞こえぬふりの愚も

白鳥の空の何処かが閉まる音

言い訳が必ずついて来る師走

まだ汀続いておりぬ去年今年

魂は瑠璃色ならん初御空

父母に屠蘇そしてひとりの椀と箸

奥能登の岬遥かに鰤起し

命濃き今が大切冬銀河

墨痕の起承転結雪の夜

残り雪袋小路の疲労感

水槽の蛸と目が合う寒戻り

もう海は見えぬ倒木春の雪

鳥雲に入りて埴輪の口の空

三月の照る日曇る日震災後

地球儀を回して春の鴨発たす

狂い出す生活回路弥生かな

春愁や鏡拭いても消えぬこと

出てこない言葉春昼鳩時計

トルソーの孤愁春愁吾にあり

鳥帰る後の無聊や何もかも

黒を着て思慕寂寞と桜散る

八重桜湖を調律して日暮れ

神棲むてふ桜蘂降る古木

浅間噴煙師の晩年と春逝かす

遅咲きの藤山国の蕎麦処

花水木厩舎に馬の長い顔

一粒の麦となりたる会津の義

黒潮の潮目初夏日本海

今生の絆ぼんやり梅雨満月

時計草時を戻して恋をする

草笛吹く横顔いつか少年に

棲み古りし水の惑星花菖蒲

あめんぼう大正昭和をすいと抜け

出開帳阿弥陀三尊青葉光

夏燕島の時間をゆるり飛ぶ

漫ろ

木曾街道　五句

町の名が変わりし今も河鹿鳴く

幾たびも道問う木曾の針槐

木曾青葉噺き偲ぶ関所跡

胸白く飛ぶ夏燕木曾五木

行在所今客人は夏燕

玉堂の水車が響く渓入梅

素描から今抜け出した青蛙

階の上は結界凌霄花

暫くは山紫陽花の城の跡

肩肘を張らずに生きて蝸牛

くるぶしに疲れが溜まる梅雨のあと
航跡の白きに旅情サングラス

リュックからはみ出す旅情登山帽

無言館蛇横切ってから冥し

額紫陽花囲む磐座鴉来て
孤独なる旅の心に未草

白靴を履いてピカソに会いに行く

手のなかの落蟬途方に暮れている

晩夏光港寂れてがらんどう

自画像の目鼻欠けいて敗戦日

負い切れぬ荷は置いて往く秋扇

起重機が秋暑を剝がす高層階

笑い声聞こえてきそう天の川

白芙蓉わが青春の薄く透け

はんなりと色なき風が否と言う

情報の天地無用や水の秋

秋風や喪失感を連れてきた
引き算の途中道草猫じゃらし

踊場はもうない齢秋思かな

忙中の変身願望月の宴

邯鄲を聞いてそれから靴を脱ぐ

溜池の悲話松明と月照らす

火の宴終わりし朝蜈蚣跳ぶ

水引草豊葦原の紅なるや

雀の木鳩の木街の秋暮るる

忍耐の箍が外されれ木の実落つ

紅葉且つ散り月光の降りしきる
大落暉引き寄せている草紅葉

ゆっくりと生きて色づく烏瓜

妥協する性を持てずに秋逝かす

海に入る大河もろとも秋落暉

無疵てふ生き方はなし柿落葉

冬初め辻説法跡黙深し

不条理もあるこの道は冬の山

白山茶花鎌倉武士の潔さ

防府の毛利本邸　六句

神無月雲の去就の果てしなく

冬の鵯祭りのあとの屋台解く

松手入れ軍手干さるる寺の庭

雪舟の四季山水図冬半ば

大藩主の書を斜め読み白障子

雪吊も松も庭師の心意気

凩に語尾をとられし別れかな

山眠る台地も眠るカルストも

次々と裸木となり誰か呼ぶ

人はみな日を追う走者年の暮

失うもの多き齢となる師走

大年の机上雑務の山積みに

灯の川の都会眠らず去年今年

川幅に潮行きわたり初日の出

初御空めぐり合わせしこの道に

翔ぶ鳥も項のばせし初御空

寂ぶさぶと左義長あとの燠眺む

護摩の火の匂いを包む黒手套

樹には樹の孤愁瞬く冬昴

人の輪の壊れやすくて霜柱

軒撓む雪の重さと人の性

病む友を見舞う寒月皓々と

昔日の師と寒鳥木のてっぺん

記憶の扉重くて開かず雪風巻く
外は雪白楽天を読み返す

二ン月は省略多し身の回り
冴え返る月の切っ先ペンダント

雛の間に亡母来りて衿正す

こんな夜は言葉を消して内裏雛

悲喜交々分ちて桃の花祭

望郷かも知れぬほろ酔い名残り雪

虚実

呟きが詩となり輪となる春の鳶

風信子荷風に遭いし頃幼な

朱塗り橋彼岸此岸を継ぐ花

甘茶かけ分相応を考える

花筏真鯉の太き髭が分け

天守閣いま幻の花の闇

小面のつぶやき仄か桜散る
採れたての春筍と一筆箋

春日傘回し虚実をないまぜに

亀鳴くや現世なべて孤独なり

天上の句座にも出向く水馬

万緑の湖に突き出す朱の鳥居

鞘堂の地蔵に捧ぐ夏桜
就中青葉若葉の風の彩

姨捨　六句

青東風や芭蕉西行まぼろしに

不揃いの棚田裾曳く夏鶯

訪ね来し面影塚の青葉光《ゲ》

姨石を登り降りしてサングラス

俯瞰する緑の棚田鳶の笛

天上大風千曲遥かに夏の川

かわせみの翠一閃のち静寂

青羊歯の宇宙亡師の一角獣

躾け糸抜かず虫干しする形見

水無月や水持ち歩く旅三日

佐渡を訪ねて　八句

海から湖へ涼風抜けてここは佐渡

秘すれば花流刑の跡の夕焼雲

夏半月西にかたぶき夢幻能
蛾の舞える夢まぼろしの薪の能

謎多き貴人の遠流夏の星

杉落葉三輪の序破急夜の明けて

伊弉諾の創りし佐渡や今青田

阿弥陀堂老鶯渡る杉木立

蟬時雨旅することが生きること

含羞草時刻通りに来る都電

原爆忌今日は静かな蟬の声

居住まいを正す神前敗戦日

手遊びの鉤針秋も編み込んで

蜻蛉も来て小半時舟着場

新蕎麦や昔旅籠の梁太し

帰る燕見送り終えて店仕舞い

秋思とや忘れた人の夢を見る

風は匠秋天の青さらに濃く

秋寂ぶや人棲む家と住まぬ家
ロープウェイ霧にまみれて待つ時間

薄原あと少し漕ぐもう少し

佛頭のおん目口元秋深し

石棺の虚空を埋める杜鵑草

昔日の彩も深秋磨崖佛

石飛ばす遊びも旅愁秋渚

黄落や無数の過去を翔立たす

流星の掉尾芭蕉の着信音

立冬や河馬壁際に蹲る

象高く鼻を掲げて捕る冬日

為せば成る為さぬ我居て着ぶくれて

憂国忌水面が少し動きけり

暮るる山の長い眠りは寂色に

不夜城の街極月の月赤し

野良猫の屯ろ冬日のトタン屋根

つんつんと冬芽並びて自己主張

つながらぬ夢のあとさき去年今年

訪ね来て稚の喃語に初笑い

墨絵から抜け出て庭の寒雀

終章をのこして閉じる雪の夜

切通し過ぎて寺町寒の水

手探りの未来湯豆腐崩れけり

風花や湯の町草津坂多し

粉雪舞うひとり爪切る湯治宿

薪となる雑木丸太に冬日燦

懐手して会釈して地蔵の湯

湯の川に響く槌音寒の内

玻璃越しの小雪湯煙ここ草津

ドレミファソ氷柱のラ融け昼下がり

しなやかにそして豪胆雪の竹

冬帽子失くしてこれは厄落とし

遠景にビルの乱立寒茜

夜の底の水平思考雪舞って

白障子埃を溜めし母の琴

蠟梅がこぼれ佛のたなごころ

余音

春立つや楡の木肌がものを言う

池浚う迂回の木橋梅白し

たれもみな分水嶺に佇つ二月

砂時計気弱に落ちる二月尽

白鳥帰るわが歴程も帰納法

箱書きの花押の古び内裏雛

末黒野はやがて沃野に鳥の影

座禅堂ぐるりと囲む余寒かな

靴紐を緩め彷徨野焼き跡

鶴帰る関所など無き山越えて

実朝忌亡母の指輪みな緩し

芽柳や天界の扉そっと押し

白木蓮桜田門外の変此処に
初蝶の訪ね来し方かわたれて

鏡文字右脳左脳に春嵐

雨しとど此岸彼岸に花の友

うららけし河馬の欠伸に付き合って

水晶の数珠陽炎いて骨董屋

野良猫のモンローウォーク城の春

小面の不思議不思議と遅桜

馬の耳ぴくりと動き花吹雪
生かされている幸せをさくら樹下

花万朶人も鴉も深閑と

国分寺跡の礎石に花薺

やむを得ず承諾田螺鳴きにけり

躑躅咲く突然見知らぬ街になる

畦を塗るベートーヴェンを聴きながら
そぞろ神の誘い断る蟇蛙

公孫樹若葉昭和を遺す駅通り

夏燕出入自由の駅舎かな

青葉若葉我が寸陰を振り返る

鬱蒼と青葉天狗が出てきそう

宇奈月〜室堂へ　十三句

雪渓の幾筋峨峨と聳えたる

雪渓を仰ぐ雪渓の中に居て

通行禁止欅平の滝飛沫
生れては消ゆ滝の光彩浄土なり

ダムに虹玉手箱など開けないで

鎮魂の色をたたえしダムの夏

黒部市教育委員会による「詩の道句集事業」の平成二十七年度最優秀作品
平成三十一年四月黒部市宇奈月町音澤中ノ島、詩の道遊歩道に句碑建立

黒部首夏湛えいる水エメラルド

流木の骸漂うダムの初夏

雪渓や山を哭かせてしずりけり

隧道てふ人為渓谷滴りて

万物を割って一条滝白し

標高三〇〇〇夏霧の湧いて消ゆ

艱難の歴史を抱く青葉渓
ありありと暁翔ける大紫

肩幅が少し細りて更衣

後悔の内容忘れ梅雨の鬱

老鶯やかわたれ時を琅琅と

未知の世を夢中で駆ける夏の蝶

土手を行く麦藁帽子印象派

引き際を間違えてから蟻地獄

いち抜けて大暑竹林青き黙

生も死も他生に在りて鷗外忌

水無月の満月赫しにわたずみ

アマリリス直立で聞く組織論

遺句集を読み新涼の流失感

原爆忌真青な空の奥の奥

末席に犬も座りて盆の月

敗戦日あの日あの空青かった

優しくは出来ぬ話も秋暑し

八月の後ろ姿や通り雨

寓話とは何故に悲しい秋灯

一羽去り一羽残りて水の秋

野に出でて色なき風の彩重ね

鰯雲キリンの首が届かない

指先の老いが目立って秋黴雨

竹の春路地に生計の水の音

花薄天衣無縫の風の中
笛太鼓山から秋が降りて来る

噴煙の山より晴れて秋桜

鳥威し響きしあとの闇静寂

曼珠沙華此岸の扉半開き

箏流る月仄仄と山の端に

躁も鬱も取り散らかして稲光

峠越えまた峠あり下り月

薄活けフランス人形かたわらに

空に果てあるやも知れず流れ星

忘れ水

鳥渡る空に琴柱を置くように
萩桔梗函に詰めたる野の匂い

逆さ霧悲話伝説も包み込む

殷々と水落ちる音曼珠沙華

雁渡しときどき理性とばされる

地の果てで百鬼蠢く月明り

源流の遠くに鳴りて霧晴るる
夕空を綺麗にふいて薄原

子別れの鴉孤独をまだ知らず

近道を探し木阿弥星月夜

石見出雲吟行　八句

大観の気宇に出会いて秋の果て

色変えぬ松借景の水落とす

石見晩秋歴史を刻むどの坑も

神楽面外す居住まい竜田姫

石蕗咲いて石見出雲の国境

神在月瓦塀など整然と

冬の鶫不機嫌に鳴く仁王門

水底の小石の有情冬日燦

根雪無き信濃山並むらさきに
茶の花の白さは一期坂の道

冬桜かつて劫火の街の隅

みやこ鳥地球に愛の不足して

成り行きで署名捺印片時雨

十二月八日鯉は動かず水の底

枯木星言わずもがなのこと悔やむ

枯木立ところどころに句読点

貌を出す馬の睫毛に雪降って

愛憎の半ば小面冬紅葉

太古より美しき倭の初日の出

冬薔薇を贈られし喜寿読点に

淑気かな胸中山河晴れ渡る

松納めみんな働く貌になり

雪雲を背負いて佇つや鷺一羽

昨日より今日紅の冬木の芽

仄かなる音寒暁の箒星

菰着せて貴婦人と銘冬牡丹

裸木の呼気を集めて城の跡

風花舞う山のふもとの義民の碑

雪風巻く音信絶えし人思う
梟に御伽草子を聞かされる

大寒波地球の疲れ我もまた

身の裡の鬼にも打てり追儺豆

二月はや軌道修正したくなる

笹鳴きやもう辿りつく大手門

狐火の点々春の雪の中
春浅き夕日欅の木が捕え

三椏の花の寂寥寺の坂

冴え返るガラス細工の平和かな

戸締りをしてから窓の春の月

薄氷に母音隠れて空となる

風光るときどき片足立ちの鷺

引鴨の残像残す池の面

予期せぬ事辛夷の花の散り尽くし
鶴帰る彼方の未来信じつつ

如月の潮黝黝と還り来る

姨捨の棚田に佇ちて月おぼろ

礼楽の教えは遠し寒き春

一陣の風の訣れや椿落つ

辛夷咲けば大津波来し日に還る

春の坂後ろからくるフランス語

貨車過ぎて連翹の向き風の向き

ものの芽のこまごま江戸の染工房

男坂木霊聞こえる桜東風

哀しみの行方雪解の忘れ水

瑠璃光に包まれている夕桜

寂光の彼岸も桜父母座して

耕して棚田は美しく水暮れる

滞空時間ながし雲雀は点となり

襖絵の桜も濡らす春の雨

地震五年過ぎても桜未だ鬱

得手不得手あって浮世の花蓆

信夫翁我が春愁を宜《うべ》ないて

逝く春に向き合っているわだかまり

句集　知足　畢

あとがき

第四句集『未知』を出して一年ぐらいたった頃、傘寿を前にしてもう一冊句集を出そうと句をまとめ始めた。順調にいけば傘寿に間に合うはずだったが、思いもかけぬ話が持ち込まれた。

新しく句会を指導してほしいという要請である。年齢や体力を考えると無責任なこともできないと一度は辞退させていただいたのだが、結局お引き受けすることになり、しばらくはその句会との出会いに集中することになった。ちょうどその頃、代表である雑誌「集」の編集にも多少の問題が起き、気持の余裕を失い、句集のまとめがなかなか進まず、月日を費やしてしまった。しかしまた思いもかけぬことが起こり、このことが句集を作る後押しになった。

今年四月、平成二十七年五月に宇奈月の黒部峡谷を訪れた際に心の揺れを投稿した句、

鎮魂の色をたたえしダムの夏

が、二十七年度の最優秀賞となり、黒部市の「詩の道句集事業」の一環として行っている黒部市宇奈月町音澤中ノ島の詩の道遊歩道に句碑として建立されたことである。

黒部市教育委員会から知らせを戴いたとき、神様からのご褒美ではとすっと心が晴れた思いだった。多くの句友からも祝福していただき、ありがたいことだと思っている。そしてこのことが進まなかった句集の出版に弾みをつけてくれた。

題名はもろもろの思いを込めて「知足」とした。

句集出版には角川文化振興財団の出版部長兼角川『俳句』の編集長の立木成芳様、編集担当の滝口百合様、編集部の皆様にご尽力いただきましたことを心からお礼申し上げます。

ありがとうございました。

令和元年　葉月

若泉真樹

著者略歴

若泉真樹（本名・若泉典世）

1939年　東京生まれ

1960年　中島斌雄に私淑

1973年　中島斌雄主宰の俳誌「麦」に入会

1982年　「麦」同人、「麦」編集担当

1985年　現代俳句協会会員

1990年　第一句集『春潮』上梓

　　　　「葦の会」の発足

1991年　「麦」作家賞受賞

1999年　俳句季刊誌「パスカル（葦の会誌）」創刊・主宰

2001年　俳句季刊誌「集」創刊・代表

2004年　第二句集『瑠璃』上梓

2008年　第三句集『あらまほし』上梓

2012年　「麦」退会

2015年　第四句集『未知』上梓

現住所　〒124-0022　東京都葛飾区奥戸7-2-1

句集　知足　ちそく

初版発行　2020年1月25日

著　者　若泉真樹
発行者　宍戸健司
発　行　公益財団法人　角川文化振興財団
〒102-0071　東京都千代田区富士見1-12-15
電話 03-5215-7819
http://www.kadokawa-zaidan.or.jp/
印刷製本　中央精版印刷株式会社

 ISBN978-4-04-884328-7 C0092